在雪梨癮上咖啡

― 心情寫真

李坤城◎著

2

目次

作者介紹

李坤城，1969年，台北人。文化大學中文系文藝創作組畢。

興趣：在咖啡廳、咖啡屋、咖啡館、咖啡室、咖啡店、咖啡吧、咖啡座喝咖啡；

　　　閱讀、旅遊、學習新事物。

現職：秀威資訊數位出版部協理

曾任：國家書坊台視總店行銷經理、新新聞周報暨圖書出版發行部經理

　　　台灣英文新聞報發行經理、e周刊創刊發行部經理

　　　商業周刊發行部主任、時報出版公司業務代表

　　　漢光文化出版期刊部執行編輯、國際日報台北分公司版面編輯

著作：《雪梨導遊》（2001/8，完成未出版）

　　　《雪梨情緣遊與學》（2005/1，秀威出版）

　　　E-mail：chenglee@ms38.hinet.net

代序　革命前夕的摩托車日記

　　因爲海棠來了，剛剛晚上一起又去看了一次晚場的《革命前夕的摩托車日記》，太讚了，切‧格瓦拉確是偶像，他的熱情和眞情，用一生去發揮，爲求正義和公平，身體力行，革命以致，二十世紀講眞英雄，以他的一身作爲，誰來相與之。

　　目前看來，能用中文讀的，最好的一本，應是《切‧格瓦拉画傳》，作家出版社出版，其〈前述〉爲台灣南方朔先生所寫，引一段最紀念切的話，寫切在1967年10月9日在玻利維亞被伏，被美國中央情報局人員殘暴射殺後：「因爲，格瓦拉的那張死容照片，實在太奇蹟了，他躺在擔架上，上身裸露，軀體瘦削無比，彷彿正對世界的不義做著最後的指控。而他長著鬍鬚的臉孔，有著那種受難的神聖氣質，臉上泛著一縷悲傷的笑容，整個神情非常有耶穌受難的相似性。這張照片被全球媒體刊登出來之後，它不但未曾達到宣告格瓦拉已死的意義，反而讓他的道德形象因爲他的死亡而被更加抬高。」

　　這張格瓦拉之死的照片，妳要看，去買這本書來看，順便把整本書看完吧！如果說看傳記好，沒看過這一本，或說是沒看過格瓦拉的傳記，是一種缺憾。

再引一段南方朔先生所寫：「格瓦拉的那張頭戴革命扁帽的頭像照片，以及那張死在床上的照片，不但在二十世紀60年代歐美青年反抗運動時，成了每個人的圖騰，甚至到了今天，他的頭像都還被印在青年人的T恤上。格瓦拉個人的革命事業雖然戲劇性的並未完成，但只要人們的希望不死，總是會有人在他的感召之下前仆後繼。」

　　「二十世紀有太多的英雄豪傑，但像他那麼純粹、潔淨、頭上罩著道德光環的悲傷英雄，可謂絕無僅有。」一代讀書人大師南方朔寫出切‧格瓦拉是「絕無僅有」之英雄豪傑，對切之英雄不朽，自是明言。

　　切‧格瓦拉生於1928年6月14日，希望大家都記住。

　　很高興，要寫這本書的代序，我和切‧格瓦拉又聯繫上了。感謝海棠颱風，我才又今天再去看一次《革命前夕的摩托車日記》，看到晚上十一點冒著風雨回家。上一次看這電影，是去年金馬影展特別排隊買票一定要看，也是唯一一定要看，最值得看的一部電影。

　　那這本《在雪梨癮上咖啡》和二十世紀英雄有關係嗎?有啊！因為我能或會趁年輕去雪梨浪遊，就是秉持著那種去探索人生意義的精神，我們都是認真的，對於旅行。旅行不是只為了玩，旅行一定有其意義的追尋所在。

第一次去雪梨自助浪遊，25歲，十年前了，經歷過大學畢業三個出版工作後，決定去他方找些意義。革命，不是我能做的，但我還能追尋些生活和生命的意義，如何能說？！

　　就這樣，聽著《革命前夕的摩托車日記》的電影原聲帶，我寫這一篇代序，再來也聽著原聲帶來寫稿完成，嗯，所以，妳可以去買個原聲帶來聽，真不錯，對於心情，當然妳一定要先去看過電影。如果，妳已有這部電影的文宣海報，恭喜妳，可以感受海報擷取電影畫面的愉悅，電影裡的切·格瓦拉和同伴共乘一部機車，馳騁在南美的翠綠鄉間，他們的表情自由自在自得的令人好生羨慕，也祝福。

　　也是，如果，妳喜歡旅遊，也喜歡喝咖啡，那妳會感受到在雪梨旅遊喝咖啡的愉悅。

李坤城
2005. 7. 17.

特寫

有趣的是，早先雪梨人本是喝花茶習慣的英國人後裔，卻大大轉變爲咖啡文化，這跟二次大戰後大批的義大利移民湧入雪梨，帶來了如今風行全球的義式咖啡，很有關係。偶而，我還是會點杯卡布基諾，才發現雪梨的義式咖啡奶泡眞是可口，想到就是，澳洲這全球牛奶生產主要大國，牛奶當然新鮮美味。

　　在雪梨，一些旅遊簡介上常有 Eating Street 的字眼，意指有一條滿是咖啡屋和餐廳的大街，滿足妳吃喝玩樂的欲望，最具代表的是市區中的牛津街 Oxford St 和新鎮的 King St，葛利伯的 Glebe Point Rd 也可以算上。而如雪梨港灣區、達令港區、岩石區、國王十字區等熱鬧的景點區，大街小路上也多的是咖啡屋，人潮聚集的市中心商業區自然也是，熱鬧的各個海灘區也是咖啡屋林立。是熱鬧的景點，卻咖啡屋不多的地方就只有一個，那就是中國城，眞是中國城，不過，中國城有別人所沒有的港式奶茶。

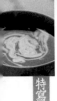

The Rocks（岩石區）香濃咖啡節登場

　　多次遊玩雪梨的我，有幸遇到在岩石區舉辦的咖啡節慶THE COFFEE FESTIVAL，是一個由澳洲咖啡製造商、用具供應商和眾多咖啡屋參與舉辦的活動，現場搭建數十個咖啡攤位，使用新鮮烘培咖啡豆的現煮咖啡，花1元就可以品嚐到，口味包括歐洲、南美、非洲等世界各地知名的咖啡。這是要讓人了解咖啡文化的專業活動，還有煮咖啡的相關器具用品和咖啡主題書籍的展出，另有咖啡粉一包包免費贈送。

　　我不小心遇到的這個節慶，就在1999年7月4日，活動是從3日開始共兩天，在環堤碼頭港灣邊熱鬧的岩石區舉辦，和原本就是雪梨最熱鬧觀光景點的The Rocks週末市集一起，加上活動帶來的特別的街頭藝文表演，身處其中，玩一天，真有一個太歡愉享樂的週末。

　　體會在濃郁咖啡香裡逛市集的感受，太讚了，希望妳也有機會親身碰上參與這不定期的活動。

在雪梨港邊喝咖啡

　　一生中，找個時間在雪梨港邊喝杯咖啡是幸福的！雪梨港可說是世界上最迷人的港灣，藍天白雲下，一片蔚藍浩瀚的海面，碧波盪漾，偶而遊艇駛過的水面波濤，有著別致的港灣風情。雪梨港也是世界上最好玩的港灣，四通八達的渡輪航線，讓妳輕鬆邀遊於港灣上，渡輪、遊船、快艇、帆船總是將港灣點綴得更爲多姿多采。

　　雪梨港正式來說，名爲傑克森港Port Jackson，因爲雪梨太出名且令人喜愛，一般遂以雪梨港Sydney Harbour來指稱。右有雪梨歌劇院、左有港灣大橋、中間是熱鬧環堤碼頭，周圍有當代藝術博物館、海關博物館和皇家植物園的雪梨灣 Sydney Cove，才是讓港灣美麗迷人又好玩的風采，淋漓盡致展現出來，享譽全世界，也吸引全世界的遊客前來。雪梨灣邊步道多的是可欣賞港灣美景的露天咖啡座，最棒的是周末假日時，步道上聚集眾多街頭藝人來表演，營造出最熱鬧好玩的氣氛。

　　看著照片，左邊是雪梨出名的港灣大橋，而順著眼前露天咖啡座的遮傘而去，盡頭就是雪梨歌劇院了。

在雪梨塔上喝咖啡

　　到雪梨，妳不能錯過雪梨塔，我說的不是在市區到處可見她的塔影，而是妳要進到裡面，那最棒的是，妳可在瞭望台內的樓梯下樓去喝一杯咖啡，這一層咖啡屋也是玻璃窗環繞，妳可以邊喝咖啡邊欣賞整個雪梨港灣美景，看到窗外的美景了吧！還可以抽支煙，真是很爽的享受，咖啡很便宜，一杯只要3、4元澳幣。對了，咖啡屋一般只營業到下午4點，要留意時間，免得錯失。

　　妳知道雪梨塔嗎?雪梨塔和雪梨歌劇院、港灣大橋並列為雪梨三大景點地標，塔高305公尺，有南半球最高的塔樓瞭望台，瞭望台在高度250公尺處，是透明窗環繞的圓形瞭望台，可以360度全方位遠眺整個大雪梨，塔樓上提供有高倍速的望遠鏡。在塔樓上，最棒的是欣賞整個雪梨港灣的美景，還有俯瞰塔樓旁的海德公園，比較可惜的是雪梨歌劇院被大樓擋到了，還有岩石區的歷史街區風貌也被擋住了。

　　關於雪梨塔，它的頂端大圓塔，是由56條約7公噸重的鋼纜支撐住，圓塔上有容量約162000公升、重約2239公噸的蓄水池，可用來平衡高空強風的吹襲或是地震時的搖晃力。

在雪梨遇上波希米亞女子

　　雖然說是「在雪梨遇上波希米亞女子」，這張照片也可以說是「辣妹在葛利伯咖啡屋」。照片拍攝，那是1996年，啊！十年前，我和她一樣年輕時。

　　看，這張照片，可能是少數沒拍進我，卻讓我百看不厭的經典之作；看，照片中這家咖啡屋，多有風情、多有味道，我喝坐了雪梨上百上千賣咖啡的地方，就這一家的外觀整體可票選第一吧！可能也是剛好我拍到了這辣妹在門口的景象，讓我百看不厭。

　　這辣妹，一頭金褐色染髮、戴著墨鏡、上身只穿銀色胸罩、一條繩綁且下擺頗炫的休閒褲，手上拿著一件波希米亞衫，好在那天天氣夠熱，她還沒套上去，要不沒這張照片佳作了。剛剛特地拿美編玉蘭借送沒還的看正片放大鏡，仔細要看這照片，想看看辣妹是不是穿丁字褲，有沒有戴耳環，還是看不出來，倒是看來沒小腹。十年前喔！我在雪梨看清涼辣妹裝，看得驚豔莫名，雖然台北現在愈來愈有看頭了，可整體要有這麼炫的打扮的，很難見啊！有嗎?在師大路有嗎？外國人不算。

　　這辣妹，對這照片，就是羅蘭巴特看照片時，所說照片的「刺點」吧！

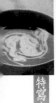

關於波希米亞人

　　為承接特寫波希米亞女子之意，也是後續介紹咖啡屋會用到，在此貼上先前整理關於波希米亞人之文。照片是附圖，當初在墨爾本就有家咖啡館店名就叫波希米亞人。

　　早在十五世紀，法國已流傳在歐洲四處流浪的吉普賽人，是源自中歐的古老王國波希米亞，於是「波希米亞人」開始成為流浪族的代稱。後來在十九世紀法國大革命後，那時不少巴黎年輕的藝術家和作家生活窮困，為了替自己的困境加點浪漫色彩，美化自己窮困的藝術生活一如吉普賽人的浪漫隨興，把自己變成了浪漫的「波希米亞人」。法國作家亨利穆嘉就在其寫於1847～1849年間的「Scenesdelaviede Boheme」，這一系列巴黎藝術家的描寫中，發揚了波希米亞的精神。其後，穆嘉和Th'eodore Barriere更合著一了本《Laviedo Boheme》，後來被普契尼改編成經典歌劇《波希米亞人LaBoheme》，更讓波希米亞人一詞廣為流傳周知。

　　於是，「波希米亞人」被用來泛指愛好藝術、自由、不重視物質、不隨常規生活、不喜受約束、有時顯得很虛無的人，這群人大都是介乎二十到三十歲的年輕人，還沒有家庭生活壓力的年輕人。

第一輯 咖啡心

■ TOGO 雜誌上的 Flicks 咖啡屋

喜歡看旅遊雜誌的妳，對這張照片會熟悉嗎?曾經是台灣最好的旅遊雜誌（現在或以後可能沒有後繼），她第八期1998年元月號的專輯是〈全球人氣第一的雪梨〉，裡面一張半頁放大照片，正是此咖啡屋，最大的差別應該是片中少了我，而我這張攝於1996年元月20日，套句星爺的電影對白，真的是「我走先」。

這家巨星拱月的咖啡屋在那了？讓我來告訴妳。

她位在雪梨最熱鬧的商店大街——牛津街，這街相連數百家各類商店，也是雪梨上班族最喜愛的休閒遊逛大街。TOGO雜誌上寫：「據希臘籍的老闆表示，這間咖啡屋是牛津街上第一家，已有十七年歷史了，牆上貼滿舊的電影海報，全是老闆的收藏。店名Flicks是義大利文『電影』的意思，至於老闆本人則在年輕時扮演過卓別林！」

我來續寫，這一家很棒很溫馨的小咖啡屋，往前相連著附近牛津街上最有藝文氣息的電影院、書店，整個咖啡屋也散發著很藝文的氣息。這是我在雪梨最喜愛的咖啡屋之一，門口擺有露天咖啡座，是喝下午茶悠閒看街景的理想地點。

■ 我和螳螂在3 ATE 1 Cafe

能和這麼大一隻螳螂合照，真要感謝這一家「3 ATE 1 Cafe」。那是我在雪梨新鎮Newtown最喜愛的咖啡屋，每次去都要喝一杯。店名3 ATE 1很有意思，原來是取門牌381號的諧音而來。可店內這隻高掛在牆角銅雕、俯視著坐在大沙發座上大螳螂，十年前發現時和它合照，七年前再去，它就不見了，令我重遊時有些失望。不知現在又復在嗎？

新鎮是雪梨最早發展的地區之一，1832年就開始有英國移民定居。以國王街King St 為主要街區，一眼望過去，整條街大都是十九世紀末、二十世紀初的維多利亞式老建築，多的是上百年的歷史建築，街景古樸優美，很有老街風情。5、600家商店，漆上各種鮮明色彩外觀的建築，讓街道繽紛得有濃厚的藝術氣息。

又因擁塞老舊社區的低房價，又是市邊緣的熱鬧地區，這裡吸引了一大票年輕的藝文愛好者聚集，帶來了波希米亞式的隨興玩樂情調，臨近雪梨大學的大學生則讓這裡充滿年輕放縱的氣息。

3 ATE 1 Cafe位在三角窗街角，兩面牆都是落地窗，街角外牆上有著很美的藝術壁畫。這裡有很頹廢、藝文、隨興的氣氛，看看照片裡的人事物，可以體會。

■ 新鎮街上充滿藝術色調的咖啡屋

酷吧！人酷，咖啡屋更酷！

到雪梨新鎮，滿街上就多著這種讓妳一看就捨不得走，一定要進去坐坐的咖啡屋。

那天還是早上吧，只有我這閒旅人，四處閒逛，高興就坐一家咖啡屋。在靠近街邊最舒服的沙發坐下來，在如此充滿藝術色調裝潢的空間裡，看看藝文活動小報、看看設計時尚雜誌，臨街沒有窗，透過窗櫺，也看看充滿隨興悠閒的藝文氛圍的街景。

這國王街是雪梨出名的咖啡大街，不下五十家的咖啡屋，散發著各種風情，喜歡泡咖啡屋的人，一定要到這裡來。除了咖啡屋多外，街上還有多間舊書店、和二手服飾店、古董店、藝品店，是喜好在舊貨裡挖寶的愛好者，一定要來尋訪的寶庫。還有值得一提的是，新鎮是除牛津街外，雪梨另一處同性戀者出入玩樂的大本營，在很多商家的門口，可以看到一張七彩顏色貼紙，那就是對同性戀者表示歡迎的標識。

對了，看大街，能看些什麼？

有人說新鎮的特色就是來人是「富有特色的人」，親臨這裡，妳就會認同了。刺青、蓄鬍、赤足、剃光頭、留長髮、各種顏色的染髮，和各式奇裝異服的隨興打扮的人，多到成為街景的一部份。

■ 戴彩帽在Glebe的badde manors喝咖啡

BADDE MANORS，就是這咖啡屋的名字，也就是我在書前特寫中，提到「在雪梨遇上波希米亞女子」的咖啡屋。我想，這樣子的我，坐在這裡，感覺很相融。

這家咖啡屋，臨近雪梨大學聽說是很多大牌教授的喜愛，也就是這是高談闊論的所在。

手邊剛好整理出一篇剪報，南方朔寫登於1996年1月9日，篇名是〈喝一杯具有創造性的咖啡〉，藉著當年法國哲學家蒙梭特從事「咖啡館哲學復興」起文，南方朔言簡意賅的敘述、解釋和評論，如「咖啡館」這種「公共空間」，應是討論公共事務、人民參與民主和文化的大本營，過去曾有過傳統流風，今已不太復存。關於「公共空間」的邏輯，他說：「在時代的起伏中，對政治及文化現狀不滿的人開始出現。不滿者通常也都具有波希米亞性格，他們會嘗試尋找『基地』，從事觀念及關係的擴大與再生產，新事務和新價值，因而在喧鬧得亂七八糟的咖啡館等地方產生。」

上述文中，寫出過去在巴黎的「普羅克咖啡館」、倫敦的「寒士街」咖啡館等的輝煌過往，最後，尾句寫出的話，是最有意思的：「新事務會在波希米亞式的聒噪咖啡廳產生，不太可能從官辦有氣質的安靜咖啡座出現，如此而已！」

■我在葛利伯有著豐富色彩咖啡屋

這咖啡屋，色彩夠炫吧！她也在Glebe，我曾寫她：「Lolita's Cafe，豐富的色彩表現出活潑歡樂的氣氛，不設防的開放門面，讓小空間有了開闊感，和街道相連的感覺很棒。店內木樓梯旁，是很炫的藝文表演海報牆，踏樓梯而上，二樓會讓妳有別有洞天的感受，清爽簡單的裝潢，讓空間顯得格外寬敞，大木桌、長條椅、沙發等有特色的傢俱，擺出了一種很隨興的調調，牆壁上張貼精美的藝文活動海報，後方大開的窗戶，讓妳遠眺雪梨塔矗立於中的市區風景。每次來這邊喝杯咖啡，都讓我覺得好舒服。」

　　究其實，她就是有自由自在消遣的氣氛，可以很easy的隨興，當藝文友好相聚，妳什麼都會談開來，最後總難免要批評到藝文、教育、社福、觀光……人權民主的政府施政，雖然只是談，也許往後留下效應，在談的眾人之中。日昨找出聯經出版的《歐洲咖啡屋》來讀，讀完第一章講〈威尼斯佛羅里安咖啡館〉，這咖啡館「常進行著激烈的政治評論、文學批評，並誕生了義大利第一份報紙。」搶先讀這本書，因著上文南方朔的文章，這本書堪稱是那篇剪報的書版，書以傳奇性的歐洲文人咖啡館為藍本，告訴妳「在煙霧瀰漫的無憂氣氛下及吵雜的交談聲中，咖啡館中有人組織藝術家協會，有人撰寫創作、編輯期刊或寫詩，咖啡館刺激著藝術家的各種創作靈感。」

■ 在牛津街書店裡咖啡吧檯旁喝咖啡

前此介紹Flicks咖啡屋時，提到往前相連著附近牛津街上最有藝文氣息的書店，我說的就是照片上這一家。限於畫面，妳只能看到她二樓中的核心部份，但妳已經發現她賣咖啡和手工餅乾的咖啡吧檯了，很雅緻吧！再往前的畫面就是臨街落地窗的一片咖啡座，我記得，七年前去時可以邊喝咖啡邊抽煙。

　　在書店裡坐擁書城喝咖啡，一定是嗜書又嗜咖啡的人所喜愛，me too！當然家裡也會是座小書城，有幾本書就購自這書店，那種心情，在白天剛剛讀完的時報出版的大江健三郎所著《換取的孩子》，有讀到，小說中寫到：「唯有在書房裡放眼書櫥的時候，始能感到幾分安心；書櫥裡的那些書，全與過往的他有著明確的關連。」「坐在這一堆書籍前面，可以透視腦子裡有一顆赤紅的心臟。接連在瓣膜上的幾根微細血管伸出頭外，凝睛一望，根根都到達每一本書上。古義人對那些書和自己血管的密切關連深深感到安心，同時不無幾分悲涼的失落感。」

　　他也寫出在自家書城的心情感受之私密，讀書人面對書海都會喜歡，但只有在自家書海中，會有更不同與多面向的感受，如果說到所閱讀過的每一本書的內容。

　　照片中的咖啡吧，還貼著一張很棒的電影海報《地下社會》，是出生戰亂的塞拉耶佛、東歐著名的當代電影大師埃米爾 · 庫斯圖裏卡（Emir Kusturica）所導經典。

■ 咖啡屋牆壁畫裡的吹笛美少女

這張照片，我拍得很不美，卻想放出，我喜歡咖啡屋牆壁上那畫裡的吹笛美少女，美在她那身形色彩的絢爛。

我想應是Monas咖啡屋老闆之友量身所繪之作，但這畫，真是愈看愈舒服，很有童話感。如果妳去喝杯咖啡，讓妳感受到一時來自童話帶來童心的感受，很舒服吧！我只記得，那咖啡屋裡的店家人，很親切，幫忙拍照留影，非常熱心。當時的我，是在雪梨過了兩個月，突然不刮鬍子想搞頹廢，看來不是上班族稱頭。

這家咖啡屋，其實很靠近雪梨市中心的百貨公司區，隔條街就到海德公園，只是跟團觀光客不可能有機會喝一杯，自助遊的話，時間若不多，能發現也靠運氣吧！

如果妳現在到了市中心區，找不到這咖啡屋，我介紹一座百貨公司給妳──大衛瓊斯百貨公司David Jones，是雪梨最早的百貨公司，1838年開始營業至今，在雪梨市中心就相連兩家。介於凱瑟利街和伊莉沙白街Elizabeth St中間的大衛瓊斯百貨公司，是雪梨最大的百貨公司，更重要的是，這是一棟建成於1927年的伊莉莎白時期風格的歷史建築，內部有很古典華貴的氛圍。這一間八層樓的大衛瓊斯的旗艦百貨公司，大多是和建築一樣高雅的精品，價格也高。隔市場街和中心點商場對望的那一棟現代建築的大衛瓊斯百貨公司，商品則比較一般化。

■ 在墨爾本戴七彩帽喝咖啡

我在咖啡屋，能攝影，請託之人，就是路過的遊人，這咖啡屋什麼名字，早已不可考，倒是看著照片，我依稀可以知道，那是在墨爾本的咖啡屋，已經不是雪梨了，搭巴士夜車，兩地相隔十二小時吧。

　　印象中，它應該在地名叫聖吉達海灘St Slida Beach吧！墨爾本這海灘區的玩樂，基本上當然比不上觀光客多的雪梨熱鬧海灘，但這才好，會比較純粹的在地味。

　　墨爾本是一個藝文氣息濃厚的城市，雪梨比不上，我其實也很喜歡。在墨爾本市區東北方的Brunswick St（邦士威街），可說是最具特色的代表性街道。到那裡，就會被眼前街道色彩的絢爛給迷住了，讓自己沉浸其中，感受全街道帶給妳的藝文氣息。

　　在一幢幢亮麗鮮豔的紅黃紫藍綠色彩的樓房中，是一間間獨具藝文情調的咖啡屋、酒吧、餐廳，夾雜著一家家藝品店、畫廊、書店、花店、唱片行、傢俱店、玩偶店、服飾店、飾品店。而在鮮豔色彩包裹下的是一幢幢古舊的平房，是以一種雅致懷舊的風情，瀰漫著整條街道。而此種種調性，塑造了這裡特殊的「波希米亞人」的風格，吸引了一大票雅好藝文的年輕人在此流連生活。

　　近日才和要移民的同業說，雪梨是比較觀光化的城市，而墨爾本在澳洲的城市是最富藝文味，而且有歐洲人之風傳襲。

■ 新南威爾斯大學UNSW的咖啡屋

看這個咖啡座，很讚吧！妳不會想到，她是大學裡的咖啡廳吧，什麼大學呢？UNSW啦！哦，就是在雪梨的新南威爾斯大學（The University of New South Wales）啦！新南威爾斯就是雪梨所在的州或省了，所以她就是州立大學啦！

近年來常到台大、政大、文化校園裡喝咖啡，就是不可能見到這麼炫的咖啡屋。這張照片拍於1996年吧，可惜沒拍出日期，我身上穿得是「comic high」的T恤，這是本曾經早發太多年的台灣漫畫雜誌的刊物T恤，十年來一樣不可能有後繼。

不知道拍照是那一天，摘錄那次三個月旅行中我生日那天的一段筆記：「剛才在Bondi Junction的Westfield shopping-town裡的書店，遇見了一個女人，原本在乍見到半露的背部時，有些驚豔，刻意的持續欣賞，然後走到她身旁，她翻著傳記，像電影之類的書，然後我看到了她的臉，卻令我心喜而又心沉，她的神態、神情，流露出來的氣質，竟如此的相似XX，而她的身形、衣著，令我在此刻更驚豔兩人是如此的相似，雖然面貌上有些差異。」

為什麼選這一段，因為去搭巴士去Bondi Junction可經過UNSW。

■ 到墨爾本的路上，在小咖啡店和瑪麗蓮夢露合照

哈哈，這張照片，就是沾瑪麗蓮夢露的光，這是在從雪梨到墨爾本路上的一個小鄉鎮的小咖啡店拍的，就是這樣，才能感受到在地的鄉鎮氣息，而且很有美國公路長途旅遊氣息。

　　到了墨爾本，可以去市區那開館於墨爾本舊海關大樓的維多利亞省移民博物館（Immigration Museum）。你可以先在地面一樓（groundfloor）逛逛，後廊庭院是一個向早先移民的辛勤付出致敬的廣場（Tribute Garden），在廣場地板上刻載了這些移民的名字。屋內則有Immigration Discovery Centre讓你探詢這些移民的歷史，和具有教學服務的Education Centre。二樓的博物館展出，一開始是圍繞整個房間牆壁的從1830年到1980年的移民歷史大事紀錄，以十年為間隔用照片解說，而在牆壁上方則有投影的紀錄影片持續播映。再來展出各民族早先移民個別的真實生活文物、照片與事蹟介紹，還有仿製的舊時居所，牆壁上則有不少放大的老舊街景和歷史建築照片、繪畫。有一廳則展出關於早先移民的歷史傳說，圍繞房間的大幅壁畫非常壯觀。

　　玩雪梨，當然要想辦法順便去玩玩墨爾本。怎麼玩，要用心，靠本事。

■往墨爾本的路上，公路旁和牛合照

44

對我來說，一份地圖像一個劇本。譬如，當我看著公路時，我便開始問我自己什麼樣的事情可能在那裡發生。前述這句話，不是我說的，是文・溫德斯說的，在1996年1月2日的旅遊札記，我寫下：在「旅遊」行中，看溫德斯抒發對公路、對地圖、對旅行的說法，是如此符合自己心中所想望，連原本不清楚的觀念都被釐清了，更加深了自己對旅遊的期待、期望、興致、用心。……這觀念就是旅遊實在是人生中值得用生命去體驗，用生活去體行的一件要事。旅遊對人生來說有其終極意義的價值。

　　那時我看著那一本經典呢?遠流出版的《溫德斯論電影》，上引札記下方有書摘，P300——荷索說：「簡單的事實就是當今影像已不多見」，這一句太玄了，要闡釋要是一篇論文，反正荷索說：「你得開始挖掘影像。」很巧的，翻開原書來看，溫德斯1983年在東京鐵塔上遇到荷索聊了一下天，寫到荷索之後正要去澳洲，澳洲耶！巧吧！我馬上想到日前看完廣西師範大學出版社出版的溫德斯寫的《一次：圖片和故事》，有兩項，一是書中有和荷索這一幕嗎?不查了，二是現在玩這本《在雪梨癮上咖啡》不也是正在用圖片講故事。

　　對了，這照片中路邊那頭牛很配合我拍照看鏡頭耶，我當然在喝咖啡，在往墨爾本的路上。

■ 在雪梨機場喝咖啡

其實，在機場喝杯咖啡是很美的，入境時的歡喜心，或離境時的離別情，都會讓那杯咖啡喝來有著濃濃的心思和情感。

照片中，是我有一天，在雪梨機場，身穿澳洲軍人外套、戴著雪梨佩丁頓市集買來的項鍊、手拿澳洲牛仔帽的留影，窗外是澳航QANTAS的飛機。我還蠻喜歡那隻袋鼠的，又可愛又有活力，2005年8月10日寫下此文，而前三天，我才一大早從雪梨搭QANTAS到布里斯班，感覺真的很好。

當妳走出雪梨機場海關，會深切感受到，雪梨正歡迎著「我的到來」，因為，機場提供有各類旅遊所需的服務，還有眾多很棒的商店，雪梨機場就是一個到訪雪梨先值得妳花些時間好好看看的地方。機場一樓入境層，一個妳一定要去的地方就是雪梨訪客中心Sydney Visitor Centre，中心可以預訂住宿，也可代訂雪梨國內機票，甚或是熱門的音樂會、戲劇表演門票；有旅遊資料可拿取，有兩份資料對遊客最有用好用，一份是中文版的《雪梨旅遊指南》，如果妳英文好可選擇資料較豐富的英文版。另一份是精美實用的地圖「Sydney Map」，讓妳遊走雪梨時可隨身攜帶。

這入境層就有多家咖啡屋供妳選擇，我都選擇從中間大門走到戶外的露天咖啡座喝一杯，因為坐了九小時這麼久的飛機，要先到戶外好好吸吸煙。

第二輯

咖啡情

■地圖、札記手冊和咖啡座

桌上只有喝剩的咖啡，和剛倒過的煙灰缸，我知道我的習慣，準備離開前拍張照。桌上還有兩份對旅人來說最重要的東西，地圖和札記手冊。

　　妳從地圖裡可以看到整個大雪梨市區的地形外貌和主要地名，那是一份我用來研究如何用雪梨的交通套票TravelPass來玩遍雪梨的資料，我當然做到了，只可惜妳看不到我那本史無前例如此詳實的中文版《雪梨導遊》。

　　札記手冊，用來在旅遊中做記錄，就這一本，記述了我第一趟雪梨遊三個月的心情，手邊正在翻著，有著回憶的痕跡，只是想，剛好就順便摘錄些過往紀錄來作文章，其實，也許手冊本身可以自成一本有著當時我旅人心情的最真呈現，自成一本書。好玩的是，札記最後幾頁，記錄了我回到台北的幾天日子，最後一天記錄著我找到工作了：「搞定了，星期一到商業周刊上班，劉副理不錯。」同一天1996年4月13日寫著：「去誠品敦南，找秀真妹妹聊天，說到周倩怡，知道吳副店，和美秀聊天也很好，沒找到素勤、資為、威蘭。」「也到紀伊國屋忠孝店打個招呼，打電話給紹雯，再來可以積極拜會老客戶、老朋友了。」

　　真是剛好看到寫出幾個名字，大都失聯了，影像記憶也不復存，原來，文字記錄的重要性，就在彌補人之記憶的不可靠。

■ 雪梨博物館的MOS Cafe

非常受歡迎的MOS Cafe，常是高朋滿座。什麼是MOS呢?就是Museum of Sydney，就是雪梨博物館，簡稱MOS。

　　雪梨博物館展出雪梨早初開拓發展時的文物，是了解雪梨過往歷史的地方。開館於1995年，是從第一任總督菲利浦建於1788年的官邸原址改建而成，在博物館一樓大廳地板，有幾座玻璃鑲嵌櫥櫃，保存原建築的磚塊石材供民眾參觀。

　　博物館赭色建築的外貌非常炫美，令人忍不住駐足欣賞良久，記得一定要拍照留念。館前有寬闊的廣場，不時舉辦有藝文表演活動。靠近落地玻璃大門前的廣場旁有一巨大圓木柱群，是一座紀念土著的大型藝術品，木柱上刻有土著的名字，已成為博物館獨特的標誌。廣場旁的MOS Cafe，有著美麗廊道戶外咖啡座，相連著以展售藝術書籍為主的博物館藝品店。

　　三樓展覽大廳常態展出表現雪梨風貌的景觀照片，另有附圖說的歷史照片，將1788年殖民以來的歷史大事，斷分成八個時期個別解說。

　　我上去看時，那左邊展出是一座大型玻璃櫥櫃牆，展示一百多年前雪梨海上貿易往來的商品，如絲綢、棉紗、可可豆、蜂蜜、煙草、珍珠……等，介紹文中包括有與中國貿易的歷史。

■ 庫吉海灘的紫色咖啡屋

這張Coogee Beach咖啡屋也是我非常喜愛珍藏的，是感覺上的，每次看總是讓心情覺得很平和沉穩，也就是說它對我來說折射出屬於心靈層次上的意涵。乍看，只是覺得空間明亮，清清爽爽，很悠閒，而色彩也裝潢出讓人覺得豐富看了舒服，然後妳會覺得生活可如此輕鬆自在，整個人生都積極起來了，至少我如是想啦，可能文名其實要是〈一張照片起了積極的意義〉。

　　或其實，是我曾經在那享受到生活中難得體會到的人生愉悅心情境界，還有，妳看到照片正中凝視著拍照的我，理著小平頭、兩鬢白髮的中年男子，那就是剛剛煮咖啡給我喝的老闆，健康爽朗的讓人欣羨如是，我如果是他，在那個年紀在一個難得的美地方守著一家美麗的咖啡屋過日子，很讚吧！對了，妳會覺得，他身上那件紫色T恤，就那麼是豐富色彩的主要一色，少了紫，這照片應該有缺憾，就像少了他，這照片對我的意義就差很多了。

　　他一定要還在，我四十歲若浪遊雪梨要再去舊地重遊，把此文翻譯成英文給老闆。

　　在邦黛海灘下方的庫吉海灘，是雪梨另一個少觀光客卻好玩的海灘區，讓人感覺到有雪梨在地更隨興開放的氣息。那次回來後，馬上和前同事明珠小姐喝咖啡聊Coogee Beach，原來她和我前後時間在雪梨遊學，就住在Coogee Beach。

■ 雪梨港灣邊的City extra咖啡店

"Daily Guardian" Net Sales
Exceed **150,000** Daily

SECOND EDITION

TODAY'S WEATHER:
Fine and Mild
(Special City Forecast)

Exceed **200.0000** Weekly

Always Open

All Australian Owned

City Extra

MENU
PRICE: ONE PENNY

24 HOUR RESTAURANTS

Shop E4, Circular Quay, Sydney 9241 1422
(Just where the Manly Ferry comes in)
301 Church Street, Parramatta 9633 1188

Always Good News

ALL FOOD COOKED FRESH DAILY IN THE CITY EXTRA KITCHENS

Vol. 1, No. 5   Registered at the G.P.O. Sydney for transmission by post as newspaper.   **Wednesday, August 15 1928**   Telephones: Editorial and Business 8 lines: B7111 to 57118

Editor's Downfall:
Luscious Lois Lane Up The Duff.

Mark Hallmonda, famous editor of the Pressie Times was caught in the middle yesterday as details emerged of his dealings with the famous City Extra restaurant in Sydney. Hallmonda, married to Elise Thompson for thirty years, a local celebrity and winner of several literary prizes, had to admit at a press conference last night that he had cheated on his strict diet by succumbing to the lure of delicious desserts at the local City Extra restaurant. At a press conference today, Mr Hallmonda confirmed

allegations that he has been living a double life for the past year by telling his wife that he was on a strict diet but instead going to the City Extra restaurant to indulge in the well known delicious meals and desserts with intriguing names like "Luscious Lois Lane" and "Up The Duff". Mr Hallmonda accused the local media of trying to cause a rift between him and his spouse by exposing and labelling him as a cheat. He emphasised he was only human and the lure of such outstanding food simply got the better of him.

雪梨灣邊步道多的是可欣賞港灣美景的露天咖啡座，最棒的是周末假日時，步道上聚集眾多街頭藝人來表演，營造出最熱鬧好玩的氣氛。

　　這家City extra就在雪梨港碼頭正中，是個人氣熱絡的咖啡店，有趣的是他製作如報紙般的文宣小報，還有如這張明信片。其實看日期啦，上班時間還有些在地人來捧場多，倒是周末期間就遊人多了。雪梨港碼頭後就是一堆辦公大樓，上班族來這吃早餐、午餐、下午茶，或會客約會，很好啊！

　　我曾經為文介紹雪梨灣港邊步道：「從右邊的雪梨歌劇院到左邊的國際遊輪遊客中心，環繞雪梨灣的港邊步道，總是遊人如織，好不熱鬧。因步道邊建築所影響，每一段步道風情都有不同。右邊步道是露天咖啡座區，人潮是來回歌劇院的遊客。中間為渡輪碼頭和火車站，是遊客和當地人進出這裡的熱鬧入口處。左邊步道通往岩石區，步道邊是相連的草坪綠地，後方座落著當代藝術博物館，是遊客聚集休憩休閒的主要區域，從這裡可以隔岸欣賞歌劇院的全貌。特別的是，從渡輪碼頭走向歌劇院的步道，有作家之路Writers Walk之稱，地上鑲著到過雪梨一遊的偉大作家的紀念圓銅牌，不知情時，妳可能會忽略掉腳下這麼有趣有意義的作家紀念牌，知道後，因為對這些作家的敬佩，我都刻意不敢踩到他們。」

■ 曼利海灘前的徒步區中庭咖啡座

其實，我是想插入介紹一下，雪梨市區最美的一北一南兩個海灘，當然，海灘邊多的是咖啡屋、咖啡館的，因為這兩處都是超熱門的景點。照片是曼利海灘前，就是坐渡輪前往後，走到海灘前的徒步區，也可說是兩邊shopping mall前的中庭咖啡座區，其實能在此喝杯咖啡，舒服一下，也是我們台北人難得的旅遊體會。

雪梨出名的旅遊特色，就是有很多潔淨清爽的美麗海灘，在近郊濱臨太平洋的東海岸，有一、二十個海灘，最出名好玩的兩個海灘是曼利海灘和邦黛海灘，正好在雪梨港灣一北一南。

曼利海灘，在雪梨北岸的曼利Manly，是一處三面環海的半島形地區，半島南端就是雪梨港面向太平洋出海口的北方屏障北角North Head。長達三公里廣闊的潔白沙灘，適合衝浪的海域，和沙灘旁綿延高聳的杉木林蔭步道，這獨特優美的海邊景致，讓它成為雪梨市民喜好玩樂的海灘區，也吸引全世界大量慕名而來的遊客，更是喜好衝浪者的朝聖地。

從雪梨港環堤碼頭坐渡輪到曼利海灘，就是一趟美妙的雪梨港灣渡輪遊程，可以欣賞到壯麗的港灣出海口景致。到海灘前先經過的是有徒步區廣場的商店街，海灘上路旁更相連著的咖啡屋、餐廳、酒館。

■ 邦黛海灘

想要介紹海灘風情，當然不是咖啡屋照片可呈現的，前些曼利海灘放了和咖啡有關的照片，在邦黛海灘，當然放張讓讀者可以感受到海灘熱情的照片。

　　其實熱鬧的海灘旁，一定多的是咖啡屋、咖啡館，但在海灘區，都變成是附加的，最好玩的還是在那海灘上的男男女女的嬉戲。

　　邦黛海灘和曼利海灘同為雪梨最出名的海灘，廣闊綿延的潔靜沙灘，和適合衝浪的美麗海域，總吸引著大量的遊客前來玩樂。Bondi之名於1827年確立，源出於當地原住民語，意思是「海浪沖擊礁石的聲音」，很傳神的道出海灘的特色。

　　邦黛海灘位在雪梨東郊，靠近雪梨市區，交通便利，遊客到訪很方便，而雪梨人口較密集的東南部居民大都就近到此，所以，顯得比曼利海灘更熱鬧好玩些。若要說，曼利海灘的風景比較優雅，但邦黛海灘卻有比較隨興的玩樂氣氛，海灘邊有相連整片的美麗公園綠地，還有斜坡路面的廣闊視野，讓遊客能清楚眺望整個海灘區風景。

　　邦黛海灘正中間的邦黛展覽館Bondi Pavilion，是此區最重要的展覽和活動場所，隨時舉辦有各類展覽，展覽館旁就是海灘的餐飲區，有很棒的露天咖啡區。

■ 國王十字區對面人行道旁小石柱上喝咖啡的街景

這張照片，真是有感覺的地方，路過時，那天天氣很好，看一堆人歡歡喜喜喝著咖啡，看得也舒服起來。有意思的是，人客這麼多，都坐到路邊的人行道旁的裝置小石柱，排排坐，形成了午后一幅美妙咖啡街景。

　　看喝咖啡的人，看來大都是年輕人，看來大都是大學生，或藝文喜好者，我用看，來看出想要的感覺嘛，感覺好最重要，旅遊。

　　這是那裡呢？這裡往前再走，過個有地下道的汽車大道，就到了雪梨有名的紅燈區——國王十字區，那也是雪梨出名的觀光景點區，以夜生活娛樂場所出名，有不少熱鬧好玩的酒館、Pub。有雪梨最出名的兩間舞廳蘇活酒吧Soho Bar和地下社會咖啡屋Underground Cafe。但此區特色是有多間成人豔舞秀場，這也是招攬遊客到來的賣點。秀場是帶有些情色的，秀場旁則相應開設不少情趣商品店和成人書店，此外，就是有不少家紀念品店，因為這裡也是不少旅遊團會帶來觀光消費的地方。有趣的是，這裡也是雪梨經濟型旅社最集中的地方，對自助旅遊遊客來說，這裡是一個便宜住宿的好地方，而且交通很方便，因為街區中心就有捷運火車站。

　　對了，好玩的是，我是要從牛津街走到國王十字區，才發現這家咖啡屋。

■ 博爾曼的Monkey cafe

喜歡這家咖啡屋，可以只因為它的名字就叫Monkey，當然妳看照片也會喜歡它的，在爽朗的街道旁，喝一杯，看人看街景，很怡情的。

Monkey Cafe就在博爾曼Balmain，在雪梨西北方臨靠雪梨港灣，是雪梨早初發展的地區，1840年代開始渡輪往返後，1890年代就已經是雪梨一個經濟發展活躍的地區。如今，有著港灣美景，和大致保存著十九世紀建築風貌的優雅街道，讓這裡成為雪梨知名的高級住宅區，也是雪梨西邊近郊一處出名的休閒玩樂區。

街區散發著屬於中產階級的生活情調，消費價位偏高，比較棒的是這裡頗有藝文氣息，感覺和佩丁頓區有點近似，但沒那麼熱鬧，倒是多了比較悠閒自在的氣氛。

在主要商店大道，熱鬧的街尾是一座這裡的地標St Andrews Congregational Church，這座大樹圍繞的百年老教堂，正是此區熱鬧好玩的星期六週末市集舉辦場所，往前望去是通往港灣的斜坡路，斜坡路口前的街角酒館London Hotel，是雪梨頗富盛名的餐飲娛樂場所，以爵士樂情調出名。這段斜坡路街道景致很美，路底就是East Balmain渡輪碼頭，但這段路距離還不短，除非喜歡散步，如果搭渡輪到這碼頭走上來逛博爾曼街區會蠻累人的。

■ 雪梨義大利區萊卡的 Berkelouw 書店咖啡座

萊卡（Leichhardt）是雪梨出名的義大利區，主要的商街大道，兩旁相連著義大利咖啡屋和餐廳，路上來往多是講著義大利話的義大利人，很有義大利的生活風情，置身這裡，妳會覺得到了義大利。

　　到這萊卡享受義大利美食、品嚐義大利咖啡外，還有幾處好玩的地方。快走到經常放映有義大利電影的電影院Palace Norton Street Cinema前，有一棟更美觀的玻璃牆面現代建築，主要就是妳照片上看到的這家為Berkelouw書店。看照片，就感覺很棒吧，這是一個美妙的書店加咖啡座的情景，照片中我喜歡那個女侍正在服務的樣態，如此的真實，是咖啡座生命力的展現。

　　書店內一樓為挑選過後的新書區，二樓則為大量的二手書區，有不少值得珍藏的古董書，同建築內還有一間展售原住民藝術品的藝廊Walkabout，和同樣本店在佩丁頓區牛津街很出名的唱片行Folkways，這裡販售有罕見的藝術音樂CD。

　　當妳來到萊卡，從街頭開始逛，在街角酒館Nortons，往前走一會，就有一處義大利廣場Italian Forum，穿過入口的精品街走廊，廣大的中庭會讓妳有豁然開朗的感覺，才發現這一棟巨型廣場儼然就是一處義大利社區，或可說是一座義大利人自己的現代城堡，周圍環繞著咖啡屋、藝品店、服飾店，真的是很美麗壯觀的現代建築。

■ 海德公園營房博物館收傘的咖啡座

收傘的時候，也可以情調如此讓人看來舒服。第一次去，過了時間，沒喝到咖啡，倒是拍下這張美美的照片，很悠然自在的別致風情，有點秋天的蕭瑟，卻令人感到自得。

那是海德公園營房博物館（Hyde Park Barracks Museum）外的一樓中庭咖啡座，如果妳的遊程裡，有大半天是進去參觀營房，出來喝杯咖啡，寫寫旅遊札記，蠻不錯的。

營房本建於1819年，是當時到雪梨的男性罪犯住宿地方，白天罪犯們到雪梨各處作工，晚上回到營房睡吊床。1848年後又改成為婦女的收容所，直到1887年再改做為法院，至1979年為止。而後進行全面改建，先是設立社會史博物館，後才成為介紹自身一百多年來轉變歷史的博物館。

博物館內，主要陳列有早期居民生活使用的器物，而營房內還保有當時的建築風貌，更是最好的展出。營房平房式的建築，沒有宏偉的外貌，卻自有其歷史風韻，一進營房內的廣場，就會油然而生一股懷舊情懷。

從環堤碼頭開始走麥奎利街到這，再往前就是美麗的海德公園，妳可以穿過公園，就到了熱鬧的市中心逛街購物精華區喔！有一堆百貨商場和精品店等妳隨意逛逛。

■ 墨爾本的city cafe

city Cafe，城市咖啡，好個店名。就看她在店前街邊擺著個手寫黑板店招，看我拍下來這張以她為主角的街景照片，看起來就是很棒的怡人街景，也是書店連咖啡屋，看得到櫥窗裡的書和喝咖啡的人。

這墨爾本的街道一景，一定讓妳有所喜愛，其實墨爾本濃厚的藝文城市風格，已經融入生活中的大街小巷了。

趁此介紹一下墨爾本商業鬧區中一座藝文知性城堡，那就是著名的Library of Victoralia維多利亞省州立圖書館，就在市中心Melbourne Central購物商廈正對面。最特別的是在館前人行道上的圖書館雕塑標誌，若妳只是坐電車經過也一定會被這以金字塔形狀立嵌在路邊、上刻著LIBRARY大字的「屋頂一角」深深吸引住，這特別的雕塑，已然是墨爾本市區的重要地標之一。想找個地方休息，圖書館館前廣場是你很好的選擇，從台階步上這綠草如茵的廣場，有很多靠背長椅供你歇坐，可以居高臨下欣賞墨爾本主要街道上電車往來頻繁的街景。

圖書館本身是一幢古蹟建築，從外觀上你就能欣賞到它那典雅壯麗的圓形屋頂，這是於1913年建成開放的呈八角形的「圓頂閱覽室」，要上了二樓裡面，才會被它的莊嚴宏偉給震懾住，挑高五層樓的寬大空間，往上四面望去是一層層的書牆。

■ 猛男同志酒吧Albury Hotel

照片中，這猛男的表情太讚了，完全男人味的帥勁。酒吧也能喝咖啡啊！我常沒事就到師大路的JR Pub喝咖啡看書，下午或晚上都可，所以，只要有賣咖啡的地方，妳去喝一杯，都會有咖啡情的。

　　所以，酒吧喝咖啡本非關同志，只是這酒吧的特色出名，就是聽說它是雪梨有名的同志酒吧，我既然知道了，尤其在現場看過享譽國際新聞的雪梨同志嘉年華狂歡遊行Sydney Gay & Lesbian Mardi Gras Parade，然後從下午遊行前就在這酒吧前混，看吧外的舞台表演，有機會當然要介紹一下，在酒吧，喝咖啡感受熱鬧氣氛，實是很棒的休閒。

　　有任何同志活動，這家Albury Hotel酒吧裡常是主要的熱鬧場所之一，尤其在每年二月份舉辦上述同志節慶月時，來自世界各地參與活動的戀人湧入，讓酒吧也跟著狂歡一個月。幾乎每晚都有熱鬧的表演節目，表演一般都在9:30pm以後，不另外收費，但至少要有消費。它出名到有很多觀光客慕名造訪，其親切的服務，讓遊客都很自然，如果妳在雪梨只選一家酒吧感受一下，強烈建議妳就選這裡了。

■ 在雪梨市中心的商場鬧區

雪梨市中心區是雪梨商業機能運作的所在，辦公大樓林立，街道上各類商店眾多外，更形成了畢特街徒步區、馬丁廣場區、雪梨市政府喬治街區三處熱鬧好玩的精華區。三處熱鬧好玩的精華區各有特色，正中心區的畢特街徒步區，相連數棟大型商場和百貨公司，是最熱鬧的逛街購物區。

畢特街徒步區的範圍，為從市場街Market St到國王街King St的這一段畢特街Pitt St，是雪梨主管的購物逛街精華區，光是徒步區兩邊一樓商店就相連有三、四十家，更別說兩邊還有十來棟大型商場和百貨公司，全部商店加起來該有數千家吧。如果妳是瘋狂逛街血拼族，到了這裡，一定會樂透了。商品以流行服飾，和皮件、皮包、皮鞋等為主，當然是以女性衣飾為主。物價消費水平，和台北差不多，雖然不能有撿便宜的快感，倒也讓妳買起來不會心痛。

如果妳在雪梨，想找個熱鬧的地方看看人，這裡是絕佳的地點。照片所在的咖啡座地點，是雪梨商店走廊Sydney Arcade的Chrysler戶外咖啡座。這是畢特街徒步區的商場走廊，右為Levis名牌牛仔服飾店，左為Polo Sport 運動休閒服飾店，走廊內有雪梨連鎖經營的SOS海灘服飾用品店。走廊邊靠國王街的路口，是Bally精品店。

■ 藍色落地窗咖啡屋外的阿媽和小孫子

有點忘記照片攝於什麼地點，倒是，在雪梨的海灘邊是沒錯的。如何回想？也許地名不重要，重要的是這間藍色落地窗咖啡屋的景致，拍下來，讓人看得舒爽。

　　門外，主要拍攝的我的老媽與我三姊的小孩，看來有出遊快樂的心情，還有我那旅遊中的背包，和購物袋，都是旅遊快樂的表徵。這照片，也就是說，我到雪梨自助遊，曾帶著她們倆一起出遊的紀錄。

　　這篇，有幸是，這本書完稿最後寫成的一篇，可以抒情些。剛好這照片也乍看讓人覺得平淡，卻其實飽含有太多情愫。「在雪梨癮上咖啡」的情愫，這張照片也可說明，就是，妳就是可以在雪梨到處遊玩，而每個地方都有很棒的咖啡屋，讓妳玩出癮來，也喝杯咖啡玩得更過癮。就是這樣說，遊興同趣的人，可以體會。

　　照片中的她人，剛好都是女士，門外喝杯咖啡休憩的太太，窗內看來聊得起勁的兩個女人，還有一位女人看來是打著電腦在處理事情。好玩吧，其實，每家咖啡屋每天上演著一齣齣許多人們的生活劇，是很真實的生活寫照。我從高中開始泡速食店喝咖啡，大學開始泡台北的咖啡屋，出社會工作兩年泡遍台北像樣的咖啡屋，咖啡屋裡讓我了解到的人生百態，實在很難有人可以分享，因為妳不小心就聽到隔桌的客人談論出的生活經驗和人生道理，自己細思反芻，誰能知。

■ 喝咖啡也可以很有架勢

喝咖啡，喝得這麼有架勢，也是難得，知道他才幾歲嗎?還沒上幼稚園喔。這是在雪梨遠郊華人移民多的巴拉馬它市拍的，地點一看就知是漢堡飽王拍的。

巴拉馬它市在雪梨是有來頭的，當初英國第一艦隊的第一批移民在雪梨港灣定居後沒多久，就發現港灣附近的土地貧瘠，難以開墾種植，於是沿著巴拉馬它河溯河而上，在河流注入港灣的河口附近發現了肥沃農地，隨即整地開墾，成爲早初殖民地的農業中心，也發展出鄰近的巴拉馬它市成雪梨遠郊第一大城。巴拉馬它市是繼雪梨港灣岩石區之後，澳洲第二古老的城鎮，如今市區內仍保有著豐富的歷史建築。

豐富的歷史建築是巴拉馬它標榜的觀光旅遊特色，此外還有熱鬧的街區可以逛，而且因爲遠離雪梨市中心，少有遊客，有著比較純粹的雪梨城市生活面貌。巴拉馬它市熱鬧街區以火車站前站的教堂街爲中心，順著教堂街逛，可以到巴拉馬它河邊，美麗的河岸景色，可能就會讓妳覺得不虛此行。還有巴拉馬它公園美麗幽雅的景致，也非常值得妳走訪一遊。

從市區坐火車到巴拉馬它約要一小時，妳也可以搭雪梨渡輪快艇沿著巴拉馬它河到這裡來，那就從渡輪停靠的美麗河岸開始遊逛，走到教堂街，再逛市區。搭快艇的好處是可以欣賞巴拉馬它河沿岸的景致。

附錄

帶著咖啡
心情玩樂

——巴里島／沙巴／新加坡／台北

附錄一 巴里島的蓮花池咖啡屋

附錄二　　在沙巴喝咖啡看神山

附錄三　　新加坡的酒吧

附錄四　台北

就附上新詩習作一首，作於20050731。

〈海岸的落日人生〉

睜大眼睛凝視

紅太陽一步步自沉入海

在海面上定格

先成一個圓

最後也只一線

身後遺下餘暉

也還是散去

落日人生

抬頭望

飛機倏忽而過

什麼也沒留下

只是一瞬

四之一　　台北北海岸

四之二　　台北烏來山腳

尾　聲

誰是哥哥?

誰是弟弟?

記得拉長聲唸喔ㄏ　ㄏ

誰是哥哥謀謀？

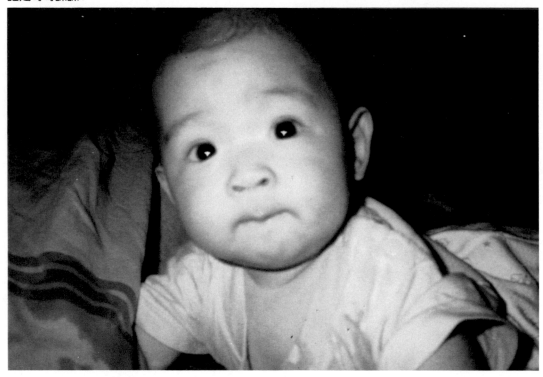

誰是弟弟儒儒？

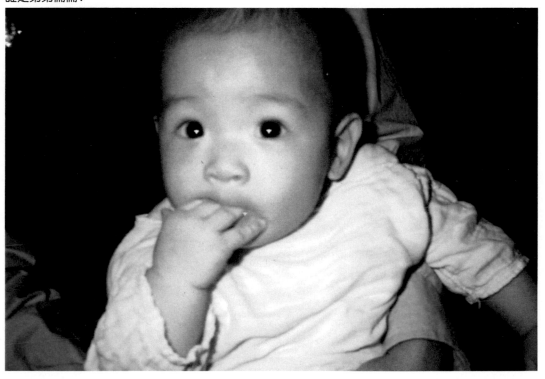

作者將自己過往的部份文稿和圖片，做了絕佳的組合，讓不同時期和主題的文稿都在《雪梨情緣遊與學》中完美呈現。

雪梨情緣遊與學

作者：李坤城　定價：280元
頁數：224頁

為什麼是雪梨情緣遊與學，因為前四分之三的內容都跟雪梨有關，真有一份深刻情緣在，他寫出了雪梨遊的景點觀光博物館和美麗海灘、公園的精彩部份。　再來穿插他在2000年參加TO'GO旅遊雜誌自主旅遊行程設計比賽所得到紐澳組優勝的作品「我在雪梨的日子--盡情揮灑我那年輕的波希米亞藝文情懷」，基本上這是妳要去雪梨自助遊的一個超豐富超精彩超棒超讚的行程，不過要照著玩，真要很有功力和體力，不過，他至少在三十歲前趁還有體力玩了個「和女友同遊盡情玩樂雪梨十一日行程」，真是玩得盡興。

作者在1996年離開大出版社工作，去雪梨閒住遊三個月，1998年離開大雜誌社工作又到雪梨閒住遊三個月，第一次踏遍雪梨市區和景點，第二次都能投稿反應雪梨社會問題，這樣說好了，誰旅遊能去雪梨的小學醫院社區圖書館中文報社社區市集和超市，當然有

親人在囉！後來又去了一次一個半月，那是協助了一本周刊創刊發行之後，爲了去拍照出一本雪梨導遊書，可惜完成書稿後被出版社倒了，但一本書的原稿和拍下整個雪梨的數千照片仍在，但他現在過了三年，懶得重新整理稿子做傳統出版，不划算的，雖然那本導遊書一出，台灣市場沒有相關書比得上，倒是他想先整理一些過往文稿集結出書，先留點紀錄。

　　遊而學習之，是作者文藝情懷的展現，都在書中所寫的旅遊新聞，和住遊雪梨所寫投稿自立快報所刊登之稿，這些投稿，一半和雪梨有關，一半和讀書出版相關，由此，其實「學」這部份，又引申出附錄的文章，附錄一是他寫出和讀書及出版有關的文章，也是讀書人和出版同業的情懷，可參看。附錄二是他的過往工作文案一二，可參看。附錄三是他過往讀書讀到好書的記錄，記到2003年，可能好書也沒記全。

國家圖書館出版品預行編目

在雪梨癮上咖啡：心情寫真 / 李坤城著. -- 　一版.

-- 臺北市：秀威資訊科技，2005〔民94〕

面；公分. -- （語言文學類；PG0072）

ISBN 978-986-7263-88-9（平裝）

855　　　　　　　　　94020848

BOD Books on Demand   語言文學類　PG0072

在雪梨癮上咖啡

作　　者 / 李坤城
發 行 人 / 宋政坤
執行編輯 / 李坤城
圖文排版 / 羅季芬
封面設計 / 羅季芬
數位轉譯 / 徐真玉　沈裕閔
圖書銷售 / 林怡君
網路服務 / 徐國晉
出版印製 / 秀威資訊科技股份有限公司
　　　　　台北市內湖區瑞光路 583 巷 25 號 1 樓
　　　　　電話：02-2657-9211　　　　傳真：02-2657-9106
　　　　　E-mail：service@showwe.com.tw
經 銷 商 / 紅螞蟻圖書有限公司
　　　　　台北市內湖區舊宗路二段 121 巷 28、32 號 4 樓
　　　　　電話：02-2795-3656　　　　傳真：02-2795-4100
　　　　　http://www.e-redant.com

2006 年 7 月 BOD 再刷
定價：200 元

Memo…… 開始，然後，結束呢？

1818年12月，叔本華收到了布洛克豪斯出版社印好的第一本《意志和表象的世界》，之後他再度闡述他的觀點：「即使有時候我們真正臨到幸福，我們也不會察覺，而讓這一切就這樣輕易、溫柔地從我們身旁擦身而過；一直到幸福不再，空虛的感覺凸顯消逝的幸福時，我們才會發現，我們把一切都搞砸了，最後只留下深深的追悔。」

（參見聯經出版《歐洲咖啡館》第215頁）